Mes amies les pouliches

Presses Aventure

Fraisinette MC © 2005 Those Characters From Cleveland, Inc.
Utilisé sous licence par Les Publications Modus Vivendi Inc.

Publié par Presses Aventure, une division de
LES PUBLICATIONS MODUS VIVENDI INC.,
5150 boul. Saint-Laurent,
Montréal (Québec), Canada H2T 1R8.

Dépôt légal : 3ᵉ trimestre 2005
Bibliothèque nationale du Québec
Bibliothèque nationale du Canada

Traduit de l'anglais par : Catherine Girard-Audet

ISBN 2-89543-292-9

Mes amies les pouliches

Par Megan E. Bryant
Illustré par SI Artists

Presses Aventure

Fraisinette s'en va à l'Île de
Crème Glacée.

Fraisinette va voir ses amies les pouliches !

Madeleine,
Mam'zelle Galette,
Mandarine,
Muffin aux bleuets
et Caramelo vont
elles aussi à l'île de
Crème Glacée.

Ce sera une journée fraisement amusante !

Île de
Crème Glacée

Regarde !
Voici l'Île de
Crème Glacée !

Regarde !
Voici les pouliches !

Caramelo est l'amie
pouliche de Fraisinette.

Caramelo aime
raconter des
histoires.

Lait Fouetté est
l'amie pouliche de Madeleine.

Lait Fouetté aime courir
à toute allure.

Sundae aux Bleuets est l'amie pouliche de Muffin aux Bleuets.

Sundae aux Bleuets aime
porter des rubans.

Pâte à Biscuit est l'amie
pouliche de Mam'zelle Galette.

Pâte à Biscuit
aime sauter.

Torsade à L'orange est l'amie
pouliche de Mandarine.

Torsade à L'orange aime exécuter des tours d'adresse.

Les filles font
une promenade
avec les pouliches.

Les filles brossent
les pouliches.

Fraisement jolie !

Les filles partagent
un goûter avec les
pouliches. Les filles
<u>et</u> les pouliches
aiment les carottes
et les pommes !

Les filles offrent une gâterie aux pouliches : des carrés de sucre !

Les pouliches offrent
une gâterie aux filles :
de la crème glacée !

Il se fait tard.
C'est l'heure de
rentrer à la maison.

Les filles bordent
les pouliches.

Elles prennent grand soin
de leurs amies les pouliches !

Au revoir, pouliches !
À la prochaine.